诗经

SHIJING

上海话译本

钱乃荣 译著

上海大学出版社

图书在版编目（CIP）数据

诗经：上海话译本 / 钱乃荣译著．-- 上海：上海大学出版社，2025. 8. -- ISBN 978-7-5671-5369-1

Ⅰ．I222.2

中国国家版本馆 CIP 数据核字第 2025LG0098 号

责任编辑　颜颖颖
书籍设计　缪炎栩
技术编辑　金　鑫　钱宇坤

诗经：上海话译本

钱乃荣　译著

出版发行　上海大学出版社出版发行
地　　址　上海市上大路 99 号
邮政编码　200444
网　　址　www.shupress.cn
发行热线　021-66135109
出 版 人　余洋

印　　刷　上海新艺印刷有限公司
经　　销　各地新华书店
开　　本　787mm × 1092mm　1/32
印　　张　5
字　　数　68 千
版　　次　2025 年 8 月第 1 版
印　　次　2025 年 8 月第 1 次
书　　号　ISBN 978-7-5671-5369-1/I・729
定　　价　36.00 元

前言

《诗经》是中国最早的一本诗歌总集。它汇集了从西周初年（公元前 11 世纪）到春秋中叶（公元前 6 世纪）五百多年中的诗歌共 305 篇。《诗经》的语言朴实无华，有一种感人至深的独特韵味，传颂百代，泽被千古。《诗经》不但为我国的诗歌创作奠定了深厚的文学基础，在文学史和文化史上也产生了深远的影响。

《诗经》包括了“风”“雅”“颂”三部分。“风”是民间歌谣，闾巷风土、男女情思之词，共 160 篇；“雅”是西周京都正音，分《大雅》31 篇、《小雅》74 篇，共 105 篇；“颂”是王侯在宗庙祭祀时用的乐歌和舞曲，分《周颂》31 篇、《鲁颂》4 篇、《商颂》5 篇，共 40 篇。

本书共精选了《诗经》作品 60 篇，其中有“风”中的诗歌 47 篇、“雅”中的诗歌 9 篇、“颂”中的诗歌 4 篇，并把这些诗歌译成了上海话文字。在将这些远古时代的作品翻译成上海话白话文诗歌时，笔者十分尊重古代诗歌创作的基本手法，对其语言力求进行准确全面的表现。对于那些相对古僻现今已不用的词语，在“汉语大字典编辑委员会”编辑的《汉语大字典》及其他字典、词典中做了全面的翻查并谨慎对应上海方言的词语进行斟酌对译，尽量确保译义准确。这是初次进行的工作，不当之处敬请读者指正。

钱乃荣

2024 年 4 月 20 日

目录

国风

雅　　颂

国风

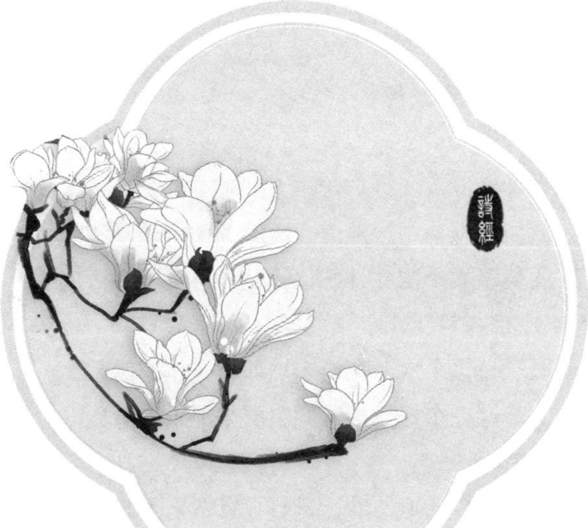

周南

关雎

就垃河浜当中沙滩浪，斑鸠关关个求爱和唱。
文静温柔个漂亮妹妹，正是男男头个好对象。

长长短短个水荇菜，东摇西摆个垃漂荡。
文静漂亮个好姑娘，睏去醒来追求梦想。

一心想伊又追勿着，日日夜夜拿哥哥想。
想啊想啊真正难忘，翻来覆去总归睏勿着。

水荇菜有短有长，朝左朝右采菜忙。
文静漂亮个好姑娘，琴瑟合奏拨侬欣赏。

水荇菜短短长长，左面右面选拔忙。
文静漂亮个好姑娘，敲钟打鼓随伊开心观赏。

《诗经》原文

关关雎鸠，在河之洲。窈窕淑女，君子好逑。

参差荇菜，左右流之。窈窕淑女，寤寐求之。

求之不得，寤寐思服。悠哉悠哉，辗转反侧。

参差荇菜，左右采之。窈窕淑女，琴瑟友之。

参差荇菜，左右芼之。窈窕淑女，钟鼓乐之。

周南

卷耳

采啊采啊采卷耳，想勿到老空个吭没采满一竹筐。
哎呀我想念我心里个人，拿竹筐摆垃路边头。

爬上搿高耸个山顶，我个马衰瘏得生病了。
我就马马虎虎倒杯金樽酒来吃吃哦，勿至于去一直牵记伊。

爬上山背后面个高岗，我个马身体虚得毛色变黄。
我就马马虎虎去吃点犀牛角酒杯里个老酒，希望勿至于心里向一直忧伤。

爬上烂泥石头山岭，我个马衰瘏难当。
我个仆人生病生得勿好走了啊，可想我有几化忧愁啊！

《诗经》原文

采采卷耳，不盈顷筐。嗟我怀人，寘彼周行。

陟彼崔嵬，我马虺隤。我姑酌彼金罍，维以不永怀。

陟彼高冈，我马玄黄。我姑酌彼兕觥，维以不永伤。

陟彼砠矣，我马瘏矣。我仆痡矣，云何吁矣。

周南

桃夭

桃树个桠枝幼嫩娇美，桃花开得又旺又亮。
搿个少女就要出嫁，嫁到邪气合适伊个新房。

桃树个桠枝幼嫩娇美，结出桃子又多又嗲。
搿个少女就要出嫁，和乐美满去了夫家。

桃树个蕊头绽满桠枝，枝叶茂盛浓密婆娑。
姑娘出嫁要到婆家，嫁到适合伊成一家人个地方。

《诗经》原文

桃之夭夭，灼灼其华。之子于归，宜其室家。

桃之夭夭，有蕡其实。之子于归，宜其家室。

桃之夭夭，其叶蓁蓁。之子于归，宜其家人。

周南

汉广

南面有棵老高个树，可惜我勿好去树下头休息。
汉水旁边有一位荡发荡发个女人，想伊却勿好脱伊轧朋友。
汉水滔滔几化宽阔，可惜我勿能够游水过去啊。
江水漫长咽咯咽咯个流过，想有只把过江个竹排也呒没。

茂盛杂乱个树长满江边头，我要斫脱伊个丛丛荆棘。
搿个姑娘出嫁个日脚到了，我要拿驾车个马喂个饱。
江水滔滔几化宽阔，可惜我勿能够游水过去啊。
江水滔滔几化漫长流过，想有只把过江个竹排也呒没。

茂盛杂乱个树长满江边头，我要斫脱伊个丛丛荆棘条。
搿个姑娘出嫁个日脚到了，我要拿伊个马喂好喂饱。
江水滔滔几化宽阔，可惜我勿能够游水过去啊。
江水滔滔几化漫长流过，想有只把个竹排也呒没！

《诗经》原文

南有乔木，不可休思。汉有游女，不可求思。
汉之广矣，不可泳思。江之永矣，不可方思。

翘翘错薪，言刈其楚。之子于归，言秣其马。
汉之广矣，不可泳思。江之永矣，不可方思。

翘翘错薪，言刈其蒌。之子于归，言秣其驹。
汉之广矣，不可泳思。江之永矣，不可方思。

召南

草虫

杂草里向个小虫伊叫个勿停，野地当中个蚱蜢卜卜卜跳。
当我还呒没看见我个男人，我个脑子里总归是忧心忡忡。
等我老远个看见伊，到我真个脱伊见了面，
我个心也就马上放松了。

伊面高高个南山我爬了上去，讲是去采一种蕨菜。
当我还呒没看见葛个男人，急得我一直心思勿定。
等我老远个看见伊，到我真个脱伊见了面，
我个心里向马上高兴得勿得了。

伊面高高个南山爬了浪去，讲是去采一种薇菜小寒头。
垃我还呒没看见我个男人个辰光，我个心里向老老悲伤。
等我已经看见了伊，到我真个脱伊见了面，
我个心境也就开心快乐得勿得了。

《诗经》原文

喓喓草虫，趯趯阜螽。未见君子，忧心忡忡。
亦既见止，亦既觏止，我心则降。

陟彼南山，言采其蕨。未见君子，忧心惙惙。
亦既见止，亦既觏止，我心则说。

陟彼南山，言采其薇。未见君子，我心伤悲。
亦既见止，亦既觏止，我心则夷。

召南

行露

讨厌垃拉有露水个路浪走，一路浪露水湿漉漉。
难道我勿愿意赶夜路？怕个就是早晨头露水忒多。

啥人讲麻雀呒没嘴巴角，为啥啄穿了我个屋？
啥人讲侬呒没成家，为啥招致我牢监坐？
即使叫我去吃官司，要想成家理勿足！

啥人讲老虫呒没牙齿，为啥啄了我墙壁浪向一个洞？
啥人讲侬呒没成家，凭啥招致我惹出诉讼？
即使侬逼我吃官司，我也勿会得嫁拨侬！

《诗经》原文

厌浥行露，岂不夙夜，谓行多露。

谁谓雀无角，何以穿我屋？谁谓女无家，何以速我狱？
虽速我狱，室家不足！

谁谓鼠无牙，何以穿我墉？谁谓女无家，何以速我讼？
虽速我讼，亦不女从！

召南

摽有梅

有梅子熟仔落下来了，每十只只剩下来七只了。
追求我个小青年啊，快趁好辰光来哦！

有梅子熟仔落下来了，每十只只剩下来三只了。
追求我个小青年啊，就趁早来寻我哦！

有梅子熟仔落下来了，一畚畚小篮头里个侪可以拿走了。
追求我个小青年啊，还勿快眼对我讲！

《诗经》原文

摽有梅，其实七兮。求我庶士，迨其吉兮。

摽有梅，其实三兮。求我庶士，迨其今兮。

摽有梅，顷筐塈之。求我庶士，迨其谓之。

召南

小星

小星星闪闪发亮光，三三五五垃东面发光。
我匆匆促促通宵出差，官差垃身浪早夜奔忙。
搿个是我命脱别人勿一样。

小星星闪闪发亮光，大个参星昴星也垃天浪。
我匆匆促促连夜出差，抱紧被头脱床帐。
搿个是我命勿像别人一样。

《诗经》原文

嘒彼小星，三五在东。肃肃宵征，夙夜在公。寔命不同。

嘒彼小星，维参与昴。肃肃宵征，抱衾与裯。寔命不犹。

召南

野有死麕

野地里有一只獐子死了，拿一点白茅草包好伊。
有一个少女春心荡漾，有一个美男拉引诱伊。

林子里向长满了小树，野地里有一只死鹿。
割一点白茅草包好束好，年轻个美女像一块美玉。

侬慢慢叫洒脱脱来啊，勿要蜕脱我身边个腰巾啊，
勿要惹得狗叫起来坏了事体！

《诗经》原文

野有死麕，白茅包之。有女怀春，吉士诱之。

林有朴樕，野有死鹿。白茅纯束，有女如玉。

舒而脱脱兮！无感我帨兮！无使尨也吠！

邶风

柏舟

荡起搿只小小个柏木舟，也使伊飘浮垃湖光水流当中。
夜深我眼睛张得铿亮勿睏，好像有隐隐讲勿出个心酸。
勿是我呒没酒吃，来出门遨游。

我个心勿是一块明镜，勿可以用伊来包容。
我就是也有骨肉兄弟，也哪能好去靠牢伊拉。
要想对兄弟诉讲勿平，会碰着伊垃怒气冲冲。

我个心勿是一块大石头，勿好拿伊翻来翻去。
我个心勿是一张席子，勿好拿伊收来卷起。
我文雅安详庄重有威仪，勿好拣个柔弱告惧怯。

我忧思个苦心样子绵绵长，怨怒憎恨侪来自搿眼怵人头。
遭受个痛苦实在是多，历经个侮辱也并勿少。
自家睏垃海静心想想，敲胸拍头睏醒觉悟。

天浪向个太阳脱月亮，为啥一歇歇会得呒没光芒？
我心里向个忧愁难以舒畅，赛过呒没汏个龌龊衣裳。
静下心来想一想，恨我想奋发高飞却呒没翅膀。

《诗经》原文

泛彼柏舟，亦泛其流。耿耿不寐，如有隐忧。微我无酒，以敖以游。

我心匪鉴，不可以茹。亦有兄弟，不可以据。薄言往愬，逢彼之怒。

我心匪石，不可转也。我心匪席，不可卷也。威仪棣棣，不可选也。

忧心悄悄，愠于群小。觏闵既多，受侮不少。静言思之，寤辟有摽。

日居月诸，胡迭而微？心之忧矣，如匪澣衣。静言思之，不能奋飞。

邶风

绿衣

搿件绿衣裳啊，外面绿咾里向黄。
我看见仔就悲伤，几时也讲勿完个悲伤！

搿件绿衣裳啊，上面绿咾下面黄。
我看见仔伊就悲伤，为啥忘记勿脱个悲伤？

搿件绿衣裳啊，我女人自家纺咾自家做。
伊使我呒没过失啊，伊使我错事体勿做啊。

搿件单薄个夏布衣裳，已经挡勿牢寒气。
想着我个亡妻啊，侬使得我暖热垃心里向。

《诗经》原文

绿兮衣兮，绿衣黄里。心之忧矣，曷维其已！

绿兮衣兮，绿衣黄裳。心之忧矣，曷维其亡！

绿兮丝兮，女所治兮。我思古人，俾无訧兮。

絺兮绤兮，凄其以风。我思古人，实获我心。

邶风

谷风

轻轻吹来山谷里个风，又是阴来又是雨。
夫妻本来要勉力同心，勿应该怒气冲天。
采萝卜采大头菜，勿要掼脱叶子只留根茎。
过去个恩情侪勿要忘记，愿得侬偕老死垃一道。

走路走得慢吞吞，心里向有互相违背。
一路勿算远做勿算远，刚刚送我到门槛就走。
有啥人讲苦菜个味道苦，伊个甜味像荠菜。
得侬新婚个辰光几化开心，像兄弟一样亲爱。

渭水使得泾水混浊了，清清白白是伊个老底。
俪新婚辰光几化开心，侬勿睬我勿脱我再垃一道了。
勿要去动我捉鱼个鱼梁，勿要去翻开我捉鱼个鱼筐。
我个身体勿拨侬容纳，走了之后勿会得拨侬体谅念想。

过河就搿能水深啊，就用竹筏撑木船。
过水碰着河水浅，游水游到对面去。
勿管屋里向有啥呒没啥，去总归勉强尽心弄到伊。
左邻右舍有急难凶事体，地浪向爬过去也要救助伊。

《诗经》原文

习习谷风，以阴以雨。黾勉同心，不宜有怒。采葑采菲，无以下体。德音莫违，及尔同死。

行道迟迟，中心有违。不远伊迩，薄送我畿。谁谓荼苦，其甘如荠。宴尔新昏，如兄如弟。

泾以渭浊，湜湜其沚。宴尔新昏，不我屑以。毋逝我梁，毋发我笱。我躬不阅，遑恤我后。

就其深矣，方之舟之。就其浅矣，泳之游之。何有何亡，黾勉求之。凡民有丧，匍匐救之。

依勿欢喜我还勿算，反而拿我当仇人。
已经回头了我个好意，还要像卖货色卖勿脱我。
从前个生活恐慌又潦倒，我情愿脱侬倒下来一道死。
现在已经生儿子又生囡儿，却拿我比作毒物来抛弃。

我园勒海个一罐滋味老好个腌咸菜，也好拿来抵挡一个寒冬。
伽两个新婚咾开心，拿我来抵挡一时个困穷。
搿能介狠打搿能介穷骂，又交给我劳苦个生活做。
勿去想想当年个恩爱，对我也有老欢喜个辰光！

《诗经》原文

不我能慉，反以我为雠。既阻我德，贾用不售。昔育恐育鞫，及尔颠覆。既生既育，比予于毒。

我有旨蓄，亦以御冬。宴尔新昏，以我御穷。有洸有溃，既诒我肄。不念昔者，伊余来塈。

邶风

泉水

汩汩涌流个泉水，一直流到滔滔个淇水里向。
想念卫国我故乡，呒没一日勿想着。
漂亮可爱个几个同性姊妹，姑且垃一道拿事体商量。

出来住宿垃泲水地方，祢地一道吃过饯行酒。
可叹出嫁已几年，远离爷娘脱兄弟。
问候我个亲姊妹，转问表姐众亲友。

回国再过住干地，言邑饯客饮好酒。
涂好车油上轴盖，再坐嫁车望回走。
车马赶快到卫国，有啥坏处勿好走？

我一想着到肥泉，为此长叹永远多。
思念须城咾漕邑，心里悠悠别绪重。
驾起马车出城游，借以泻脱我心忧。

《诗经》原文

毖彼泉水，亦流于淇。有怀于卫，靡日不思。娈彼诸姬，聊与之谋。

出宿于泲，饮饯于祢，女子有行，远父母兄弟。问我诸姑，遂及伯姊。

出宿于干，饮饯于言。载脂载舝，还车言迈。遄臻于卫，不瑕有害？

我思肥泉，兹之永叹。思须与漕，我心悠悠。驾言出游，以写我忧。

邶风

静女

姑娘文静又漂亮，约我等垃城角边。
伊有意迸勒海我看勿见，头皮搔搔兜来寻去。

小姑娘生得实在好看，送我一根红颜色个草管。
红管草亮得光闪闪，我就欢喜侬姑娘个好看。

从牧野回来送拨我个白茅草，真个是又嫩又美而且稀奇。
倒勿是白茅有几化漂亮稀奇，为仔是侬美女送拨我就嬇！

《诗经》原文

静女其姝，俟我于城隅。爱而不见，搔首踟蹰。

静女其娈，贻我彤管。彤管有炜，说怿女美。

自牧归荑，洵美且异。匪女之为美，美人之贻。

鄘风

柏舟

趁仔一只小柏船，一家头浮垃河浜里。
夹鬓结了两只角个人，是我自家情愿。
到死勿会三心两意！
爷也好，娘也好，勿肯体谅阿囡！

摇仔一只小船，飘到河个边头。
夹鬓结了两只角个人，依我自家心思。
到死勿会改变心意！
爹爹啊，姆妈啊，勿晓得体谅阿囡！

《诗经》原文

泛彼柏舟，在彼中河。髧彼两髦，实维我仪。之死矢靡它！母也天只，不谅人只！

泛彼柏舟，在彼河侧。髧彼两髦，实维我特。之死矢靡慝！母也天只，不谅人只！

鄘风

墙有茨

墙壁浪爬满蒺藜草，扫勿干净啊。
宫中淫乱个事体，勿好讲拨人听。
假使要讲一讲，讲出来真难为情。

墙浪向爬满蒺藜草，根深刺多铲勿光啊。
夜里向房里讲个言话，勿好细细讲出来。
假使要详细讲，说来话忒长。

墙壁浪爬满蒺藜草，束也束勿牢啊。
宫中淫乱个事体，勿好去讲出来。
要是出去宣扬，难为情得面皮侪臊光。

《诗经》原文

墙有茨，不可扫也。中冓之言，不可道也。所可道也，言之丑也。

墙有茨，不可襄也。中冓之言，不可详也。所可详也，言之长也。

墙有茨，不可束也。中冓之言，不可读也。所可读也，言之辱也。

鄘风

相鼠

侬看老虫还有皮，做人哪能好呒没面皮？
假使做人呒没面皮，为啥勿早一眼死脱去！

侬看老虫还有牙齿，做人哪能好勿讲行止？
假使做人勿讲行止，还等个啥勿肯去死！

侬看老虫还有肢体，做人哪能好呒没礼仪？
假使做人呒没礼仪，侬今朝勿死明朝去死！

《诗经》原文

相鼠有皮，人而无仪。人而无仪，不死何为？

相鼠有齿，人而无止。人而无止，不死何俟？

相鼠有体，人而无礼。人而无礼，胡不遄死？

鄘风

载驰

我要想骑马走，回去吊唁卫侯。
策马一路悠悠，刚到漕邑城头。
大夫跋涉赶来，我心充满忧愁。

既然侪勿赞许，使我勿好回国。
见伽对我勿善，叫我思念勿断。
看伽呒没办法，我就勿好归渡。

登上伊面高丘，采贝医治忧伤。
女人好动感情，各有道理主张。
许国人侪怨伊，伊拉幼稚轻狂。

我走垃田野浪，麦苗长得青壮。
我想去求大国，啥人出来帮忙？
大夫还有君子，勿要拿我来怨。
想念了千百遍，勿如回国一趟。

《诗经》原文

载驰载驱，归唁卫侯。驱马悠悠，言至于漕。
大夫跋涉，我心则忧。

既不我嘉，不能旋反。视尔不臧，我思不远。
既不我嘉，不能旋济。视尔不臧，我思不閟。

陟彼阿丘，言采其蝱。女子善怀，亦各有行。
许人尤之，众稚且狂。

我行其野，芃芃其麦。控于大邦，谁因谁极？
大夫君子，无我有尤。百尔所思，不如我所之。

卫风

氓

戆嚎嚎农家小伙子，搿仔布匹来换蚕丝。
阿里是真的来换丝，寻个机会去谈婚事。
送郎送侬趟过淇水，一直难舍送到顿丘。
勿是我想耽误佳期，侬呒没请来好媒人。
望侬勿要发啥脾气，金秋到了结婚佳期。

爬上破壁断墙头，只为远望到复关。
望眼欲穿勿见郎，眼泪落得溚溚渧。
情郎一从复关来，有说有笑笑嘻嘻。
侬去卜卦求神仙，呒没啥个勿吉祥。
侬去叫部车子来，拿我嫁妆搬得去。

桑树叶子呒没落，又绿又嫩咾光鲜。
哎呀搿点斑鸠鸟，桑子勿要吃醉脱。
哎呀年轻小姑娘，勿要跟男人混沌沌。
男人假使看相侬，要乱就乱忒便宜。
女个假使爱男个，要想解脱勿容易。

《诗经》原文

氓之蚩蚩，抱布贸丝。匪来贸丝，来即我谋。送子涉淇，至于顿丘。匪我愆期，子无良媒。将子无怒，秋以为期。

乘彼垝垣，以望复关。不见复关，泣涕涟涟。既见复关，载笑载言。尔卜尔筮，体无咎言。以尔车来，以我贿迁。

桑之未落，其叶沃若。于嗟鸠兮，无食桑葚。于嗟女兮，无与士耽。士之耽兮，犹可说也。女之耽兮，不可说也。

桑子落地乱纷纷，干黄跌落真可怜。
自从嫁到侬家去，多年吃苦呒怨言。
淇水涨得滚荡荡，水溅车帷几化湿。
我做妻子呒啥错，是侬男人变花样。
反复无常勿专一，三心两意花心肠。

做侬妻子整三年，繁重家务我侪做。
起早落夜勿嫌苦，忙里忙外一日天。
啥人晓得家业成，慢慢对我施暴行。
兄弟勿知我实情，个个对我笑盈盈。
静下心来细细想，独自伤神暗落泪。

当年发誓偕白头，如今未老心先怨。
淇水滔滔终有岸，沼泽虽宽总有边。
回想少时多欢乐，谈笑之间露温柔。
海誓山盟还在耳，阿里晓得竟成仇。
勿再回想过去事，一刀两断勿留情。

桑之落矣，其黄而陨。自我徂尔，三岁食贫。淇水汤汤，渐车帷裳。女也不爽，士贰其行。士也罔极，二三其德。

三岁为妇，靡室劳矣。夙兴夜寐，靡有朝矣。言既遂矣，至于暴矣。兄弟不知，咥其笑矣。静言思之，躬自悼矣。

及尔偕老，老使我怨。淇则有岸，隰则有泮。总角之宴，言笑晏晏。信誓旦旦，不思其反。反是不思，亦已焉哉。

卫风

伯兮

夫君英勇又威风，一国豪杰是栋梁。
丈二长杖手里拿，为王冲锋垃前方。

自从夫君去征东，头发飞乱像蓬草。
难道呒没头油膏，打扮来讨啥人好？

雨水快点落下来，亮光光偏出太阳。
心中念夫勿能忘，甘心头痛心也苦。

阿里去寻忘忧草，移来种垃北堂浪。
念念勿忘想夫君，相思使我老忧伤。

《诗经》原文

伯兮朅兮，邦之桀兮。伯也执殳，为王前驱。

自伯之东，首如飞蓬。岂无膏沐，谁适为容？

其雨其雨，杲杲出日。愿言思伯，甘心首疾。

焉得谖草，言树之背。愿言思伯，使我心痗。

卫风

木瓜

阿妹送我大木瓜，我送玉佩来报答。
勿好讲啥报答呀，表示永远欢喜她！

阿妹送我水蜜桃，我拿美玉来回报。
勿好讲啥是报答，只是爱伊爱到老！

阿妹送我甜木李，我拿玉石做回礼。
勿好讲伊是回报，表示永远好到底！

《诗经》原文

投我以木瓜，报之以琼琚。匪报也，永以为好也！

投我以木桃，报之以琼瑶。匪报也，永以为好也！

投我以木李，报之以琼玖。匪报也，永以为好也！

王风

黍离

黍子兴旺田里满，高粱抽苗绿油油。
我个脚头歪七歪八，心里向愁得胡思乱想。
晓得我个人讲我心里忧愁悲苦，勿了解我个人怪我有啥要求。
悠悠苍天侬在上，是啥人害得我搿能介！

黍子兴旺满田侪是，高粱结穗低下头来。
走到此地脚步慢吞吞，心中难受像醉了酒。
晓得我个人讲我心里忧愁悲苦，局外人问我有啥个要求。
悠悠垃上面个苍天啊，啥人害得我搿能介！

黍子兴旺田里满，高粱结子收勿完。
走到此地脚步七歪八起，心里向哽噎真正难受。
晓得我个人讲我心里忧愁悲苦，勿晓得我个人讲我有啥要求。
悠悠苍天啊，是啥人害得我离家走！

《诗经》原文

彼黍离离，彼稷之苗。行迈靡靡，中心摇摇。知我者，谓我心忧；不知我者，谓我何求。悠悠苍天，此何人哉！

彼黍离离，彼稷之穗。行迈靡靡，中心如醉。知我者，谓我心忧；不知我者，谓我何求。悠悠苍天，此何人哉！

彼黍离离，彼稷之实。行迈靡靡，中心如噎。知我者，谓我心忧；不知我者，谓我何求。悠悠苍天，此何人哉！

王风

君子于役

丈夫垃拉服役，勿晓得伊个归期。
啥辰光回家乡呢？
鸡已经进窠休息，太阳已经偏西。
牛羊成群下了山。
丈夫还垃服役，叫我哪能勿想伊！

丈夫垃拉服役，勿是一日勿是一月。
啥个辰光会屋里相依？
鸡上鸡架栖息，太阳已经偏西。
牛羊下坡集中。
但丈夫还垃服役，应该呒没受饥受渴哦！

《诗经》原文

君子于役，不知其期，曷至哉？鸡栖于埘，日之夕矣，
羊牛下来。君子于役，如之何勿思！

君子于役，不日不月，曷其有佸？鸡栖于桀，日之夕矣，
羊牛下括。君子于役，苟无饥渴！

王风

大车

大车急开响哐哐，绣衣青来像荻杆。
叫我哪能勿想侬？怕侬犹豫有顾虑。

大车开得慢吞吞，绣衣红来像玉红。
叫我哪能勿想侬？怕侬勿敢来私奔。

活垃海勿好住一道，但愿死后葬同穴。
倘然讲我个言话呒凭证，上天作证有红日头。

《诗经》原文

大车槛槛，毳衣如菼。岂不尔思？畏子不敢。

大车哼哼，毳衣如璊。岂不尔思？畏子不奔。

穀则异室，死则同穴。谓予不信，有如皦日。

郑风

女曰鸡鸣

女人讲："雄鸡已经高叫。"
男人讲："东方还呒没亮。"
女人讲："侬快起来看夜色，启明星已经闪亮光。"
男人讲："要跑得快来去翱翔，
去拿飞雁、野鸭、大雁侪射伤。"

女人讲：
"侬射杀雁、鸭介许多，我拿美味烧好，
一道来吃过老酒，得侬白头同到老。
弹起琴来鼓起瑟，岂勿是恩爱宁静两相好！"

男人讲：
"晓得侬来安慰我，送侬玉佩心意表。
晓得侬一心对我好，送侬玉佩相回报。
我晓得侬垃体贴我，送侬玉佩表慰问。"

《诗经》原文

女曰鸡鸣，士曰昧旦。子兴视夜，明星有烂。将翱将翔，弋凫与雁。

弋言加之，与子宜之。宜言饮酒，与子偕老。琴瑟在御，莫不静好。

知子之来之，杂佩以赠之。知子之顺之，杂佩以问之。知子之好之，杂佩以报之。

郑风

山有扶苏

山高头有树枝叶茂盛，池塘里向头有芙蓉花。
勿看见美男子子都，偏碰着疯癫小癞子。

山高头有高大松树，池里向有游龙草。
勿看见美男子子充，见着个滑头顽童。

《诗经》原文

山有扶苏，隰有荷华。不见子都，乃见狂且。

山有桥松，隰有游龙。不见子充，乃见狡童。

郑风

狡童

搿个滑头小鬼头，竟然勿来脱我茄山河。
统统侪是为了侬，弄得我饭也吃勿落！

搿个滑头小出老，竟然勿告我一道吃饭。
统统侪是为了侬，弄得我夜夜觉也睏勿着！

《诗经》原文

彼狡童兮，不与我言兮。维子之故，使我不能餐兮。

彼狡童兮，不与我食兮。维子之故，使我不能息兮。

郑风

褰裳

侬真个想我，撩起衣裳过溱河。
假使侬勿想我，难道再吭没情哥哥？
侬狂妄个样子像戆大傻乎乎！

侬真个想我，撩起仔裤子过洧河。
假使侬真个勿想我，难道我再吭没别个小帅哥？
侬狂妄个样子像戆大傻乎乎！

《诗经》原文

子惠思我，褰裳涉溱。子不我思，岂无他人？
狂童之狂也且！

子惠思我，褰裳涉洧。子不我思，岂无他士？
狂童之狂也且！

郑风

子衿

侬个领头青青，常庄咪牢我个灵魂，
就算我呒没来望侬，侬就勿会拨我只伊妹儿？

侬搿条蓝领带啊，叫我牵记勿断。
哪怕我呒没去寻侬，侬哪能就勿来跑一趟？

走来走去几化趟，就等侬城楼浪向。
一日呒没看见侬，就好像隔了三个月久长。

《诗经》原文

青青子衿，悠悠我心。纵我不往，子宁不嗣音？

青青子佩，悠悠我思。纵我不往，子宁不来？

挑兮达兮，在城阙兮。一日不见，如三月兮！

郑风

扬之水

悠扬个河水，一捆荆条漂勿起。
毕竟呒没亲兄弟，不过只有我得仔侬。
勿要相信别人个话，伊拉实在拉骗侬。

悠扬个河水，一捆柴爿漂勿起。
毕竟呒没亲兄弟，只有阿拉两个人。
勿要相信别人个话，伊拉实在勿好去相信。

《诗经》原文

扬之水，不流束楚。终鲜兄弟，维予与女。无信人之言，人实迋女。

扬之水，不流束薪。终鲜兄弟，维予二人。无信人之言，人实不信。

齐风

东方之日

东方刚刚出太阳，有位阿妹真漂亮，勿声勿响跑进我屋里向。
偷偷走进我正房，踏我席子靠身旁。

月亮升起正东方，有位姑娘真漂亮，来到我个正房间里向。
悄悄到我个内室里，踏我苇席隑我身浪。

《诗经》原文

东方之日兮，彼姝者子，在我室兮。在我室兮，履我即兮。

东方之月兮，彼姝者子，在我闼兮。在我闼兮，履我发兮。

国风

齐风

东方未明

东方天浪呒没亮，颠来倒去着衣裳。
为啥颠来又倒去？因为大公招我忙。

东方晓还呒没破，起来衣裳颠倒着。
倒了颠又颠了倒，大公号令催得忙。

拗断柳枝编园篱，狂夫监工弹眼睛。
勿分日里咾夜里，勿是早起就晏睏。

《诗经》原文

东方未明，颠倒衣裳。颠之倒之，自公召之。

东方未晞，颠倒裳衣。倒之颠之，自公令之。

折柳樊圃，狂夫瞿瞿。不能辰夜，不夙则莫。

魏风

园有桃

花园里向有棵桃树，桃子熟了味道老好。
我个心里老老忧伤，只好高歌再加长啸。
辩个勿了解我个人，讲我辩个人忒骄傲。
辩点人讲得对勿对？侬讲应该哪能是好？
我个心里几化忧伤，到底啥人会得知晓？
到底啥人能够晓得？啥也勿想倒也蛮好！

花园里向有棵枣树，来来枣子可以吃饱。
我个心里几化忧伤，只好兜来兜去乱跑。
辩点勿了解我个人，讲我处世要求忒高。
伊拉侪讲得对勿对？侬讲应该哪能是好？
我个心里邪气忧伤，啥人晓得我个苦恼？
到底啥人能够晓得？啥也勿想倒也蛮好！

《诗经》原文

园有桃，其实之殽。心之忧矣，我歌且谣。不知我者，谓我士也骄。彼人是哉，子曰何其？心之忧矣，其谁知之？其谁知之，盖亦勿思！

园有棘，其实之食。心之忧矣，聊以行国。不知我者，谓我士也罔极。彼人是哉，子曰何其？心之忧矣，其谁知之？其谁知之，盖亦勿思！

魏风

伐檀

吃吃力力劗倒檀树，劗仔下来堆垃河边。
河水清得起了涟漪。
倷勿种田来勿收割，租米堆来呒没堆处？
又勿上山又勿围猎，为啥腊肉挂满庭院？
搿点正人君子老爷，我做苦工侬吃白食！

吃吃力力劗车辐木，劗仔下来摆垃河岸。
河水清清泛起波浪。
倷勿种庄稼勿收割，为啥收稻三百亿仓？
倷勿上山也勿打猎，凭啥野味挂满房梁？
搿点正人君子老爷，勿要白白吃闲饭啊！

勤勤共共劗车轮木，拿伊摆垃河浜边浪。
河水清清起了波纹。
倷勿耕田也勿收割，租米堆了三百囤啊？
也勿上山也勿打猎，凭啥庭梁鹌鹑挂满？
搿点正人君子老爷，岂勿是吃白食个人！

《诗经》原文

坎坎伐檀兮，寘之河之干兮。河水清且涟猗。不稼不穑，胡取禾三百廛兮？不狩不猎，胡瞻尔庭有县貆兮？彼君子兮，不素餐兮！

坎坎伐辐兮，置之河之侧兮。河水清且直猗。不稼不穑，胡取禾三百亿兮？不狩不猎，胡瞻尔庭有县特兮？彼君子兮，不素食兮！

坎坎伐轮兮，置之河之漘兮。河水清且沦猗。不稼不穑，胡取禾三百囷兮？不狩不猎，胡瞻尔庭有县鹑兮？彼君子兮，不素飧兮！

唐风

蟋蟀

屋里蟋蚍嚁嚁叫，时光一年岁暮到。
及时行乐趁今朝，勿然光阴白白跑。
行乐勿要忒过度，自家职务要做好。
爱好享乐勿荒唐，有识之士收敛好。

屋里蟋蚍嚁嚁叫，一年时光过完快。
假使今朝勿行乐，转眼日脚侪跑光。
过度勿能荒正业，份外事体也要忙。
爱好享乐勿荒唐，贤士做事自安闲。

屋里蟋蚍嚁嚁叫，岁末役车也休息。
假使今朝勿行乐，转眼日月白白过。
过度勿能荒正业，职责事体忧心头。
行乐勿能荒正业，贤人自得要适当。

《诗经》原文

蟋蟀在堂，岁聿其莫。今我不乐，日月其除。无已大康，职思其居。好乐无荒，良士瞿瞿。

蟋蟀在堂，岁聿其逝。今我不乐，日月其迈。无已大康，职思其外。好乐无荒，良士蹶蹶。

蟋蟀在堂，役车其休。今我不乐，日月其慆。无已大康，职思其忧。好乐无荒，良士休休。

唐风

绸缪

缠了又缠束柴紧，天上参星東中天。
今夜是个啥个夜？见到新郎真开心。
侬搿人啊侬搿人，我好对着介好人！

一把牧草扎得紧，天上参星照房角。
今夜到底啥个夜？碰着志趣相投人。
侬搿人啊侬搿人，哪能对待心爱人？

一把荆条捆得紧，参星闪亮到门庭。
今夜是个啥个夜？我好见到搿美人。
侬搿人啊侬搿人，对着美人哪能亲？

《诗经》原文

绸缪束薪，三星在天。今夕何夕，见此良人？子兮子兮，如此良人何？

绸缪束刍，三星在隅。今夕何夕，见此邂逅？子兮子兮，如此邂逅何？

绸缪束楚，三星在户。今夕何夕，见此粲者？子兮子兮，如此粲者何？

唐风

有杕之杜

独枝头棠梨老孤单，一家头生垃路左面。
搿个年轻个美男子，伊肯来脱我做伴哦？
心里向实在欢喜伊，啥辰光拨伊吃茶饭？

独枝头棠梨老孤单，一家头长垃路右面。
搿个年轻个美男子，阿可以请伊来白相？
心里向实在爱恋伊，为啥勿请伊吃酒水？

《诗经》原文

有杕之杜，生于道左。彼君子兮，噬肯适我？中心好之，曷饮食之？

有杕之杜，生于道周。彼君子兮，噬肯来游？中心好之，曷饮食之？

秦风

蒹葭

芦苇一片青苍苍，深秋白露结成霜。
我垃想念搿个人，就垃河水另一方。
逆流跑去看看伊，一路险阻又忒长。
顺流走去寻着伊，好像就垃水中央。

芦苇萋萋一大片，清早露水还没干。
据说就是迭个人，垃拉河水埃半爿。
逆流而上去寻伊，一路险阻攀登难。
顺流下去去寻伊，好像就垃河滩浪。

芦苇一片密密猛，白露到乃呒没收。
据说迭个美青年，就垃河个边边头。
逆水而上寻着伊，一路曲曲又弯弯。
顺水下去倒追着，好像就垃沙洲浪。

《诗经》原文

蒹葭苍苍，白露为霜。所谓伊人，在水一方。溯洄从之，道阻且长。溯游从之，宛在水中央。

蒹葭萋萋，白露未晞。所谓伊人，在水之湄。溯洄从之，道阻且跻。溯游从之，宛在水中坻。

蒹葭采采，白露未已。所谓伊人，在水之涘。溯洄从之，道阻且右。溯游从之，宛在水中沚。

秦风

无衣

哪能讲呒没衣裳着？告侬共着一条战袍。
国王兴兵要打仗，修好我个戈告矛，
同仇敌忾上战场。

哪能讲呒没衣裳着？告侬共用内身衣裳。
国王调兵要打仗，修好我个矛告戟，
告侬一道杀敌人。

啥人讲呒没衣裳着？告我共用下身衣裳。
国王调兵要打仗，修好我个刀告盔，
告我一道赴战场。

《诗经》原文

岂曰无衣？与子同袍。王于兴师，修我戈矛，与子同仇！

岂曰无衣？与子同泽。王于兴师，修我矛戟，与子偕作！

岂曰无衣？与子同裳。王于兴师，修我甲兵，与子偕行！

陈风

东门之枌

东门种个是白榆，
宛山种个是柞树。
子仲屋里好妹妹，
婆娑跳舞垃树下。

拣了一个好日脚，
同去南面平原浪。
搁下手里纺的麻，
集市浪向去跳舞。

良辰佳会豪悛去，
几趟一去大家熟，
看侬像朵玫瑰花，
送我花椒一大把！

《诗经》原文

东门之枌，宛丘之栩。子仲之子，婆娑其下。

穀旦于差，南方之原。不绩其麻，市也婆娑。

穀旦于逝，越以鬷迈。视尔如荍，贻我握椒。

陈风

月出

月亮出来洁白光亮，美人个面孔几化娇俏。
侬娴雅苗条个身影，牵动我深情愁肠心底。

月亮出来素净明亮，美人个姿态几化妩媚。
侬从容婀娜个倩影，牵动我乱跳勿宁心神。

月亮出来照亮四方，美人个热情几化澎湃。
侬委婉舒展个妙影，牵动我急躁放纵个渴望。

《诗经》原文

月出皎兮，佼人僚兮。舒窈纠兮，劳心悄兮。

月出皓兮，佼人懰兮。舒忧受兮，劳心慅兮。

月出照兮，佼人燎兮。舒夭绍兮，劳心惨兮。

陈风

泽陂

垃小湖泊个岸旁边，有菖蒲草也有荷花。
有一个标致个帅哥，我喜欢得来呒没办法。
夜里烦恼得睏勿着，眼泪鼻涕要一大把！

垃小湖泊个岸边浪，蒲草得莲蓬生得猛。
有一个标致个帅哥，身高体大头发舒卷。
烦得来光火睏勿着，心里向想念苦恼煞！

垃小湖泊个岸旁边，有菖蒲草也有荷花。
有一个标致个帅哥，身高体大姿态风雅。
躺垃拉床浪睏勿着，翻来覆去扑垃枕头浪。

《诗经》原文

彼泽之陂，有蒲与荷。有美一人，伤如之何？寤寐无为，涕泗滂沱。

彼泽之陂，有蒲与蕳。有美一人，硕大且卷。寤寐无为，中心悁悁。

彼泽之陂，有蒲菡萏。有美一人，硕大且俨。寤寐无为，辗转伏枕。

桧风

隰有苌楚

洼地里向生出点羊桃，桠枝婀娜真好看。
稚嫩光润又肥大，眼热侬无知乐逍遥。

洼地里向生出点羊桃，花开婀娜真好看。
稚嫩光润又肥大，眼热侬呒没屋里乐逍遥。

洼地里向生出点羊桃，结果婀娜真好看。
生机勃勃光灿灿，眼热侬呒没家室乐逍遥。

《诗经》原文

隰有苌楚，猗傩其枝。夭之沃沃，乐子之无知。

隰有苌楚，猗傩其华。夭之沃沃，乐子之无家。

隰有苌楚，猗傩其实。夭之沃沃，乐子之无室。

曹风

候人

迎宾送客个小武官，肩扛起长戈告长棍。
掰眼勿三勿四个官，三百人朝服着上身。

鹈鹕鸟落垃鱼梁浪，并呒没弄湿伊翅膀。
掰眼勿三勿四个官，勿配着掰身好衣裳。

鹈鹕鸟落垃鱼梁浪，并呒没弄湿伊个嘴。
掰眼勿三勿四个官，勿配着掰上袖套装。

天浪云气弥漫涌动，南山早晨彩虹升起。
几化娇小几化柔顺，幼小少女强忍饥荒。

《诗经》原文

彼候人兮，何戈与祋。彼其之子，三百赤芾。

维鹈在梁，不濡其翼。彼其之子，不称其服。

维鹈在梁，不濡其咮。彼其之子，不遂其媾。

荟兮蔚兮，南山朝隮。婉兮娈兮，季女斯饥。

豳风

七月

七月里火星朝西流，九月里天气发冷裁棉衣。
十一月寒风吹得哔哔叭叭响，十二月寒气冻得嗖嗖咧咧抖。
粗布衣裳侪呒没，拿啥度过残冬腊月？
正月里要去修好锄犁家生，二月里提起脚板到田头掘烂泥。
脱我老婆儿女一路，送饭送到南田头。
监工个田官见了乐悠悠。

七月里火星朝西流，九月里天气发冷裁棉衣。
春天太阳暖洋洋，黄莺欢唱树枝头。
姑娘拉拿仔深竹筐，顺了小路慢慢走。
采下来桑叶嫩嫩叫。
春天太阳升起来慢悠悠，去采白蒿个人一堆堆。
姑娘垃心里暗悲愁，怕公子拉拿人抢了走。

《诗经》原文

七月流火，九月授衣。一之日觱发，二之日栗烈。无衣无褐，何以卒岁？三之日于耜，四之日举趾。同我妇子，馌彼南亩，田畯至喜。

七月流火，九月授衣。春日载阳，有鸣仓庚。女执懿筐，遵彼微行，爰求柔桑。春日迟迟，采蘩祁祁。女心伤悲，殆及公子同归。

七月里大火星朝西移，八月里做蚕箔个芦荻预备齐。
三月里桑树修一条条枝，嫩桑叶个桠枝束起来留勒海。
七月里伯劳叫勿停，八月里纺纱织布要勿停手。
染好个布有黑又有黄，我染个朱红颜色最漂亮，
拿来拨拉公子做衣裳。

四月里远志草抽穗，五月里知了叫勿停。
八月里要拿早稻斫，十月里风吹树叶落。
十一月要去打貉子，还要去猎狐狸，
剥皮拨公子做裘衣。十二月大家聚一道，
继续打猎练武艺，留下小猪自家吃，
大野猪送到官家去。

五月里蛤蜢两脚抖，六月里纺织娘双翅振。
七月蟚蚑田里有，八月里伊跑到屋檐边头。
九月里伊进了门口，十月里到我床下头。
堵塞壁洞熏走老虫，封没窗盘塞牢门缝。
感叹老婆脱仔小囡，就覅能过年除旧岁，
住覅个陋室避寒风。

七月流火，八月萑苇。蚕月条桑，取彼斧斨，以伐远扬，猗彼女桑。七月鸣鵙，八月载绩。载玄载黄，我朱孔阳，为公子裳。

四月秀葽，五月鸣蜩。八月其获，十月陨萚。一之日于貉，取彼狐狸，为公子裘。二之日其同，载缵武功，言私其豵，献豜于公。

五月斯螽动股，六月莎鸡振羽。七月在野，八月在宇，九月在户，十月蟋蟀入我床下。穹室熏鼠，塞向墐户。嗟我妇子，曰为改岁，入此室处。

六月里野李子葡萄吃，七月里烧苋菜告黄豆。
八月树浪枣子打下来，十月里田里向割水稻。
新米新谷酿春酒，来慰老人祝长寿。
七月里吃个是好瓜，八月里葫芦割到手。
九月里拾起苴麻子，苦菜做食臭椿做柴，
农夫个日脚真正苦。

九月里修筑好打谷场，十月里粮食满囤装。
早稻晏稻黄水高粱，小米麻子豆麦进仓。
可怜阿拉搿眼种田农夫，庄稼生活刚刚收场，
又要上官府里去做工。
日里侬要去割茅草，夜里要去拿草绳搓。
赶紧上屋去修屋顶，开春还要播种百谷。

腊月里向冲冲凿冰，正月拿冰块园进水窖。
二月里就要起一个清早，供出羊羔韭菜先祭寝庙。
九月里霜降天变凉，十月里要清扫晒谷场。
朋友大家吃酒一樽又一樽，宰杀嫩羔羊，
登上公务大厅堂，举起漂亮个牛角杯，
一道高呼万寿无疆！

六月食郁及薁，七月亨葵及菽。八月剥枣，十月获稻，为此春酒，以介眉寿。七月食瓜，八月断壶。九月叔苴，采荼薪樗，食我农夫。

九月筑场圃，十月纳禾稼。黍稷重穋，禾麻菽麦。嗟我农夫，我稼既同，上入执宫功。昼尔于茅，宵尔索绹。亟其乘屋，其始播百谷。

二之日凿冰冲冲，三之日纳于凌阴。四之日其蚤，献羔祭韭。九月肃霜，十月涤场。朋酒斯飨，曰杀羔羊。跻彼公堂，称彼兕觥，万寿无疆！

豳风

鸱鸮

猫头鹰啊猫头鹰！
已经捉去了我个小鸟，再勿要来毁脱我个窠巢。
我辛辛苦苦操尽了心，养儿养女吃力作孽煞了！

趁老天还呒没落雨，
剥下来桑树根个皮，拿窗扇门户缚紧。
现在倗搿点树下头个人，还有啥人来拿我欺凌。

我伸勿直个手节头，采捋芦花茅草花，
做窠还要储备干草，嘴巴角衰瘏得一塌糊涂，
我屋里向侪呒没收作好。

我个羽毛稀落，我个尾巴枯槁。
我个房子要倾倒，在风雨中飘摇，我只好吓得号号咷咷。

《诗经》原文

鸱鸮鸱鸮，既取我子，无毁我室。恩斯勤斯，鬻子之闵斯。

迨天之未阴雨，彻彼桑土，绸缪牖户。今女下民，或敢侮予？

予手拮据，予所捋荼。予所蓄租，予口卒瘏，曰予未有室家。

予羽谯谯，予尾翛翛。予室翘翘，风雨所漂摇，予维音哓哓！

豳风

东山

我到东山打仗，久久勿好回乡。
我从东山转来，一路春雨濛濛。
听说就要回家，心就飞到西方。
做好一套平装，勿再开上战场。
春蚕一曲一曲，休息野外树浪，
我蜷一团独睏，还在兵车底下。

我到东山打仗，久久勿好回家。
我从东山转来，一路春雨绵绵。
果树已经结实，伊藤伸到屋檐。
地壁虫垃屋里，蜘蛛网垃门浪。
田地野鹿踏遍，萤火虫夜闪光。
荒凉勿可怕啊，老婆好怀念啊！

《诗经》原文

我徂东山，慆慆不归。我来自东，零雨其濛。我东曰归，我心西悲。制彼裳衣，勿士行枚。蜎蜎者蠋，烝在桑野。敦彼独宿，亦在车下。

我徂东山，慆慆不归。我来自东，零雨其濛。果蠃之实，亦施于宇。伊威在室，蠨蛸在户。町畽鹿场，熠燿宵行。不可畏也，伊可怀也。

我到东山打仗，久久勿好回乡。
我从东山转来，绵绵春雨勿停。
鹳雀土堆浪叫，老婆屋里叹气。
洒扫庭院干净，只望征人回家。
瓜长得的粒圆，吊垃栗树柴堆浪。
自从阿拉勿见面，而今已有三年长。

我到东山出征，久久勿好回家。
我从东山转来，一路山雨绵绵。
黄莺鸟拉飞翔，一个翼翱闪光。
当年妻子出嫁时，皇马花马好几样。
娘脱囡儿结佩巾，十遍九遍礼节讲。
做新娘辰光伊老嗲，久别重逢伊会哪能介！

我徂东山，慆慆不归。我来自东，零雨其濛。鹳鸣于垤，妇叹于室。洒扫穹室，我征聿至。有敦瓜苦，烝在栗薪。自我不见，于今三年。

我徂东山，慆慆不归。我来自东，零雨其濛。仓庚于飞，熠燿其羽。之子于归，皇驳其马。亲结其缡，九十其仪。其新孔嘉，其旧如之何？

雅

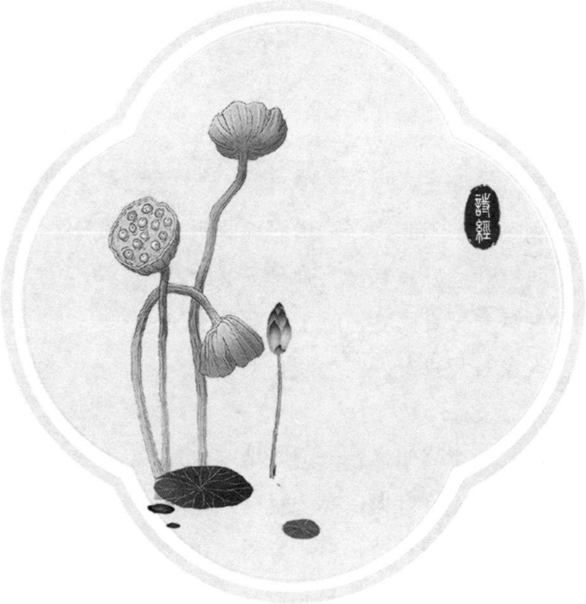

小雅

鹿鸣

呦呦鹿个鸣叫声，一道野地吃水芹。
我有满座好宾客，又弹琴来又吹笙。
鼓瑟奏琴真闹猛，献上礼品装满筐。
人家对我真友好，为我指明大方向。

呦呦鹿个鸣叫声，一道野地吃水芹。
我有满座好客人，品德优秀名声响。
民间看来勿轻薄，君子学习相仿效。
我有佳肴告好酒，嘉宾来宴乐逍遥。

呦呦鹿个鸣叫声，一道野地吃青蒿。
我有满座好客人，鼓起瑟来又弹琴。
入席鼓瑟再弹琴，和美快乐侪尽兴。
我有美酒交关好，用来快慰嘉宾心。

《诗经》原文

呦呦鹿鸣，食野之苹。我有嘉宾，鼓瑟吹笙。吹笙鼓簧，承筐是将。人之好我，示我周行。

呦呦鹿鸣，食野之蒿。我有嘉宾，德音孔昭。视民不恌，君子是则是效。我有旨酒，嘉宾式燕以敖。

呦呦鹿鸣，食野之芩。我有嘉宾，鼓瑟鼓琴。鼓瑟鼓琴，和乐且湛。我有旨酒，以燕乐嘉宾之心。

小雅

采薇

采薇菜啊采薇菜，薇菜刚刚发嫩芽。
讲回家呀讲回家，一年岁末又到来。
离开亲人离开家，因为猃狁又入侵。
勿好安居得清闲，因为猃狁又来打。

采薇菜啊采薇菜，薇菜发芽真新鲜。
讲回家呀讲回家，心里忧伤烦闷煞。
满腔忧愁像火焚，又饥又渴实难忍。
阿拉驻防呒休止，没法拨家捎个信。

采薇菜啊采薇菜，薇菜老了枝已硬。
讲回家呀讲回家，转眼十月又来临。
王事差役呒没完，清闲安身呒没空。
心里忧伤像生病，剩怕从此难回家！

《诗经》原文

采薇采薇，薇亦作止。曰归曰归，岁亦莫止。靡室靡家，猃狁之故。不遑启居，猃狁之故。

采薇采薇，薇亦柔止。曰归曰归，心亦忧止。忧心烈烈，载饥载渴。我戍未定，靡使归聘。

采薇采薇，薇亦刚止。曰归曰归，岁亦阳止。王事靡盬，不遑启处。忧心孔疚，我行不来！

啥个花开介茂盛？棠棣花开密层层。
啥个兵车高又大？将军乘车时艈能。
兵车已经驾上马，四匹壮马气势凶。
哪能安定过日脚？一月当中多打胜。

驾起四匹马上阵，四匹雄马厉害煞。
将军坐垃车子浪，士兵靠车来蔽身。
四匹雄马排得齐，象牙弓箭鱼皮袋。
哪敢日日勿戒备？猃狁入侵忒紧急！

当初离家去前方，杨柳依依任风飘。
今朝回来想起来，雨啊雪啊满天飞。
走垃路浪晏又慢，又饥又渴撑垃过。
我个心里悲伤极，啥人晓得我心哀！

彼尔维何？维常之华。彼路斯何？君子之车。戎车既驾，四牡业业。岂敢定居？一月三捷。

驾彼四牡，四牡骙骙。君子所依，小人所腓。四牡翼翼，象弭鱼服。岂不日戒？猃狁孔棘！

昔我往矣，杨柳依依。今我来思，雨雪霏霏。行道迟迟，载渴载饥。我心伤悲，莫知我哀！

小雅

鸿雁

大雁小雁天浪飞，翅膀扇得萧萧响。
搿点人出征离家，出差奔波垃野外。
侪是一批穷苦人，老而无妻最悲伤。

鸿雁高飞要远行，日夜落脚水泽里。
伊拉侪去修王宫，百堵高墙侪造起。
劳苦末叫劳苦煞，自家安身啥地方？

鸿雁翩翩天浪飞，阵阵哀鸣声嗷嗷。
只有一眼明智人，晓得阿拉唱辛劳。
还有一点糊涂虫，讲我闲拉发牢骚！

《诗经》原文

鸿雁于飞，肃肃其羽。之子于征，劬劳于野。爰及矜人，哀此鳏寡。

鸿雁于飞，集于中泽。之子于垣，百堵皆作。虽则劬劳，其究安宅。

鸿雁于飞，哀鸣嗷嗷。维此哲人，谓我劬劳。维彼愚人，谓我宣骄。

小雅

斯干

溪涧个水清清流淌，幽幽南山林木深远。
绿竹苍翠交关繁盛，好像松叶一样茂盛。
阿哥弟弟垃拉一道，和睦相亲邪气要好，
勿应该互相欺诈啊！

继承先妣先祖事业，建造房舍修墙百幢，
朝西朝南代开大门。
安居相处住垃一道，有说有笑真正开心。

墙板扎捆历历在目，大夯夯泥橐橐有声。
风雨统统可以挡牢，麻雀老虫一道赶跑。
真是大丈夫好住所！

像人恭立平稳端正，像箭射屋檐角有棱，
像大鸟飞翔展翅膀，像金锦鸡活泼飞腾，
大丈夫踏阶好高登！

《诗经》原文

秩秩斯干，幽幽南山。如竹苞矣，如松茂矣。兄及弟矣，式相好矣，无相犹矣。

似续妣祖，筑室百堵，西南其户。爰居爰处，爰笑爰语。

约之阁阁，椓之橐橐。风雨攸除，鸟鼠攸去，君子攸芋。

如跂斯翼，如矢斯棘，如鸟斯革，如翚斯飞，君子攸跻。

大殿前庭平平整整，楹柱高大整齐坚挺。
日里正房宽敞爽快，夜里厢房交关光明。
大丈夫住进老安宁！

下有蒲席上铺竹覃，乃就舒舒服服安寝。
乃夜里睏着早早起，乃占卜推详我个梦。
吉祥个梦预兆个啥？梦里见着熊还是罴？
是四脚蛇还是长蛇？

大人详细解我个梦，梦里看见罴得仔熊，
预兆要养个男小囡。
梦见长蛇得四脚蛇，预兆要生个女小人。

乃末生了个小二郎，就要让伊睏床浪向。
拨伊好衣裳着上去，拨伊去白相白玉璋。
伊个哭声音老洪亮，朱红个护膝光皇皇，
一家之主就像君王。

乃假使生仔女小囡，就让伊躺垃地皮浪。
拿伊裹垃蜡烛包里，拨伊白相根纺锤棒。
人间是非勿要伊管，只要拿酒食料理会，
勿要让爷娘受连累。

殖殖其庭，有觉其楹。哙哙其正，哕哕其冥。君子攸宁。

下莞上簟，乃安斯寝。乃寝乃兴，乃占我梦。吉梦维何？维熊维罴，维虺维蛇。

大人占之：维熊维罴，男子之祥；维虺维蛇，女子之祥。

乃生男子，载寝之床。载衣之裳，载弄之璋。其泣喤喤，朱芾斯皇，室家君王。

乃生女子，载寝之地。载衣之裼，载弄之瓦。无非无仪，唯酒食是议，无父母诒罹。

小雅

巷伯

丝线错纵花纹新，织成一段贝纹锦。
有个造谣害人精，毁谤好人忒凶狠！
嘴巴张开张得大，好比天浪南萁星。
搿个造谣害人精，伊个主谋是啥人？

叽叽咕咕往来频，一心要拿好人害。
劝侬言话要留神，人家对侬勿相信。
叽叽咕咕瞎喳喳，挖空心思讲坏人。
劝侬讲话要留心，到底要叫侬靠边。

骄横个人总得意，失意个人多操心。
苍天苍天有眼睛，看看搿眼骄横人！
可怜搿眼受害人。

《诗经》原文

萋兮斐兮，成是贝锦。彼谮人者，亦已大甚！

哆兮侈兮，成是南箕。彼谮人者，谁适与谋？

缉缉翩翩，谋欲谮人。慎尔言也，谓尔不信。

捷捷幡幡，谋欲谮言。岂不尔受？既其女迁。

骄人好好，劳人草草。苍天苍天，视彼骄人，矜此劳人。

掰眼造谣害人精，啥人跟伊搞阴谋？
捉牢掰个造谣主，掼拨豺狼老虎吃。
豺狼虎豹勿要吃，掼伊到北极寒地。
北方假使勿接受，扐拨老天爷处理！

一条大路通杨园，紧紧靠垃亩丘边。
我是阉人叫孟子，拨人陷害做此诗。
诸位正直大丈夫，敬请听听我个事。

彼谮人者，谁适与谋？取彼谮人，投畀豺虎。豺虎不食，投畀有北。有北不受，投畀有昊！

杨园之道，猗于亩丘。寺人孟子，作为此诗。凡百君子，敬而听之。

小雅

大东

有堆满了金盆个熟食，有弯弯长长个枣木调羹。
周家大路平整像磨石，笔直得好像是一根箭杆。
贵人上路来来往往，百姓只好睁大眼睛旁边看看。
回转头来看了又看，忍勿牢眼泪水流了又流。

东方远近各个地方，织布机浪搜刮精光。
绕来绕去个葛麻鞋，着垃脚浪可以踏霜。
轻狂浪荡个公子哥，大路浪向来来往往。
来了又去去了又来，真个叫我气闷心伤！

旁边流出清凉山泉，勿要浸湿割下柴草。
夜勿能寐愁苦叹气，可怜阿拉劳苦个人。
搿眼柴爿做成柴薪，还可装到车浪去烧。
哀叹阿拉疲劳个人，也应该去安身歇息。

东面国家个子弟啊，劳苦当差勿来安慰。
西面京师里子弟啊，衣着华美光彩照人。
搿眼周人的子弟们，就拿熊罴皮毛做裘。
就是伊奴仆个子弟，也拿大小百官担任。

《诗经》原文

有饛簋飧，有捄棘匕。周道如砥，其直如矢。君子所履，小人所视。睠言顾之，潸焉出涕。

小东大东，杼柚其空。纠纠葛屦，可以履霜。佻佻公子，行彼周行。既往既来，使我心疚。

有冽氿泉，无浸获薪。契契寤叹，哀我惮人。薪是获薪，尚可载也。哀我惮人，亦可息也。

东人之子，职劳不来。西人之子，粲粲衣服。舟人之子，熊罴是裘。私人之子，百僚是试。

有个人好吃饱老酒，有个人吃勿着汤水。
有个人佩绢绢玉带，有个人杂玉戴勿上。
啊朶天浪有条银河，做镜子也应该有光。
叉开双脚个织女星，日到夜换七个辰光。

即使织女夜移七趟，也织勿出啥个花样。
闪闪发亮个牵牛星，勿好拨伊来拉车厢。
早浪启明星出东方，夜里长庚星落西方。
天网星柄弯得再长。张设行列啥个用场！

南天箕星闪烁光芒，簸箕不能来簸米糠。
北方天空北斗亮星，却不可以来舀酒浆。
南天箕星闪烁光芒，收吸舌头朝向上方。
北方天空有着北斗，斗柄高高举向西方。

或以其酒，不以其浆。鞙鞙佩璲，不以其长。维天有汉，监亦有光。跂彼织女，终日七襄。

虽则七襄，不成报章。睆彼牵牛，不以服箱。东有启明，西有长庚。有捄天毕，载施之行。

维南有箕，不可以簸扬。维北有斗，不可以挹酒浆。维南有箕，载翕其舌。维北有斗，西柄之揭。

小雅

北山

爬到辩座北山，讲是去采枸杞。
身体健壮个辩眼人，从早到夜要做辩个差事。
官府个事体呒没休止，忧我爷娘失奉侍。

普天之下个泥土，呒没一块勿是王个地方。
四海之内个每个人，呒没一个勿是王个仆人。
大夫分派并无公平平均，我个差使独多又重。

四马驾车行进忙，王事总归急又忙。
夸我年纪还勿老，赞我身体强又壮。
讲我筋骨气血刚，理当经营走四方。

有个人安安逸逸屋里休息，有个人尽职从事报国。
有个人仰面趟垃床浪，有个人勿停赶垃路浪。

有个人勿晓得有啥号召，有个人凄惨痛苦操劳。
有个人游歇悠闲睏觉，有个人为王事忙乱烦恼。

有个人狂欢作乐吃老酒，有个人惶惶担忧飞来横祸。
有个人进退自由高谈阔论，有个人所有事体侪要负责任。

《诗经》原文

陟彼北山，言采其杞。偕偕士子，朝夕从事。王事靡盬，忧我父母。

溥天之下，莫非王土；率土之滨，莫非王臣。大夫不均，我从事独贤。

四牡彭彭，王事傍傍。嘉我未老，鲜我方将。旅力方刚，经营四方。

或燕燕居息，或尽瘁事国；或息偃在床，或不已于行。

或不知叫号，或惨惨劬劳；或栖迟偃仰，或王事鞅掌。

或湛乐饮酒，或惨惨畏咎；或出入风议，或靡事不为。

大雅

绵

绵绵勿断个大瓜小瓜藤，就好像周人个最早发祥，
垃杜水到漆水旁边安家。太王古公亶父来到，
挖窨又开窑洞，还呒没造房子建厅堂。

一大清早伊就赶了马，沿西面河水行走，
来到岐山脚下。带了伊个妻子姜氏女，
寻找住地仔细观察。

岐周山地真肥沃，种出苦菜像饴糖。
大家一道谋划商量，再到龟甲看卜象。
卦浪兆示好地方，垃搿搭修屋造房。

乃末安下心来定居，乃就左右划分疆界。
乃末开出沟渠，整理土地，
人尽其职，执行伊拉个事业。

《诗经》原文

绵绵瓜瓞，民之初生，自土沮漆。古公亶父，陶复陶穴，未有家室。

古公亶父，来朝走马。率西水浒，至于岐下。爰及姜女，聿来胥宇。

周原膴膴，堇荼如饴。爰始爰谋，爰契我龟，曰止曰时，筑室于兹。

乃慰乃止，乃左乃右，乃疆乃理，乃宣乃亩。自西徂东，周爰执事。

乃召来管营造个司空，乃召来职掌劳役个司徒。
叫伊拉建立安居个房屋，施工个绳索拉成直线。
为了筑土竖起来夹板，建庄宗庙肃穆庄严。

盛泥到筐里重腾腾，投土上墙轰隆隆。
登登用力来筑墙，嘭嘭拿墙头来削平。
百堵大墙侪筑好，人声淹没大鼓声。

乃末立起城郭门，城门高耸要入云。
乃末立起宫正门，王宫正门庄严正肃。
乃末立起祭神坛，大家有事可去祭奠。

呒没泯灭对敌仇恨，也勿致于废了对邻邦个聘问。
作乐户树侪拔光，人行道路侪开通，
混夷已经下逃离，落得上气勿接下气。

虞芮两国争田来诉已经达成和平，
文王感动了伊拉相让相爱个天性。
我认为讲阿拉有了贤臣奔走四方宣传，
阿拉有贤臣捍卫国家折冲御侮。

乃召司空，乃召司徒，俾立室家。其绳则直，缩版以载，作庙翼翼。

捄之陾陾，度之薨薨，筑之登登，削屡冯冯。百堵皆兴，鼛鼓弗胜。

乃立皋门，皋门有伉。乃立应门，应门将将。乃立冢土，戎丑攸行。

肆不殄厥愠，亦不陨厥问。柞棫拔矣，行道兑矣。混夷駾矣，维其喙矣！

虞芮质厥成，文王蹶厥生。予曰有疏附，予曰有先后。予曰有奔奏，予曰有御侮！

大雅

板

上帝行为太反常，下界百姓侪遭殃。
话讲出口勿算数，制定国策勿长远。
无视圣人自称贤，自家诺言勿实行。
呒没远见定政策，葛咾我来大劝谏。

上天正垃降灾难，勿要辩能歇歇变。
老天正垃下动乱，勿要辩能喋喋言。
政治教令缓和后，百姓侪能抱成团。
政治教令败坏了，百姓侪要遭灾殃。

阿拉职事虽勿同，毕竟脱侬是同僚。
我特寻侬来商议，听话辰光侬烦躁，
我个言话合情理，勿要当我开玩笑。
古人有话讲得好，去问樵夫多指教。

上天正垃施暴虐，勿来嬉笑瞎胡闹。
老夫诚恳劝劝侬，小子神气忒骄傲。
勿是我讲糊涂话，侬拿忧患当玩笑。
坏事多做要晓得，呒没好药救侬了。

《诗经》原文

上帝板板，下民卒瘅。出话不然，为犹不远。靡圣管管，不实于亶。犹之未远，是用大谏。

天之方难，无然宪宪。天之方蹶，无然泄泄。辞之辑矣，民之洽矣。辞之怿矣，民之莫矣。

我虽异事，及尔同僚。我即尔谋，听我嚣嚣。我言维服，勿以为笑。先民有言，询于刍荛。

天之方虐，无然谑谑。老夫灌灌，小子蹻蹻。匪我言耄，尔用忧谑。多将熇熇，不可救药。

老天垃拉发脾气，勿要屈己软骨头。
君臣威仪侪迷乱，好人闭嘴像死尸。
百姓痛苦垃呻吟，呒没人来敢怀疑。
民穷财尽丧乱频，施惠救济呒没人！

上天诱导老百姓，好像吹埙又吹篪。
好像璋圭结合紧，好像取物拿物事。
拿起物事介省劲，教导百姓就便当。
当今百姓多邪辟，执政自家勿自律。

善人好比枪篱笆，大众就是高围墙。
大邦就是国屏障，同姓宗族是栋梁。
为政有德国家安，君子嫡子国城墙，
勿使城墙受破坏，勿陷孤立遭祸殃！

老天发怒要敬畏，勿敢儿戏忒放荡。
老天降灾要敬畏，勿敢放纵去乱闯。
老天高远眼明朗，随侬出入同来往。
老天高远眼刚亮，随侬一道荡四方。

天之方懠，无为夸毗。威仪卒迷，善人载尸。民之方殿屎，则莫我敢葵。丧乱蔑资，曾莫惠我师。

天之牖民，如埙如篪，如璋如圭，如取如携。携无曰益，牖民孔易。民之多辟，无自立辟。

价人维藩，大师维垣，大邦维屏，大宗维翰。怀德维宁，宗子维城。无俾城坏，无独斯畏。

敬天之怒，无敢戏豫。敬天之渝，无敢驰驱。昊天曰明，及尔出王。昊天曰旦，及尔游衍。

颂

周颂

载芟

开始除草再拔树根，翻耕松土泽泽有声。
上千成对农民耕田，新开洼地旧种高地。
一家之主带来长子，老三老四跟来到场。
有壮汉有相帮雇工，野地吃饭声音嘈杂。
温柔娇媚个是妇女，强壮可爱个是小伙。
犁头翻泥尖又锋利，开始耕作向阳个田。
百谷种子撒播田里，颗粒绽满饱含生机。
小芽陆陆续续出土，先出大苗壮健漂亮。
禾苗越长越加茂盛，仔仔细细除脱杂草。
收割个人挤挤一排，粮食收好处处堆满。
成万成亿难以计量。

酿成醇酒脱仔甜酒，进献先祖先妣先尝。
拿来祭祀完成百礼，酒水佳美气味喷香。
邦家荣幸统统有光，椒酒味浓香飘四方。
老人长寿得保安康。勿是此处获得丰收，
勿是今年猗个景象，自古以来就猗能介。

《诗经》原文

载芟载柞，其耕泽泽。

千耦其耘，徂隰徂畛。

侯主侯伯，侯亚侯旅，侯彊侯以。

有嗿其馌，思媚其妇，有依其士。

有略其耜，俶载南亩，播厥百谷，实函斯活。

驿驿其达，有厌其杰。厌厌其苗，绵绵其麃。

载获济济，有实其积，万亿及秭。

为酒为醴，烝畀祖妣，以洽百礼。

有飶其香，邦家之光。

有椒其馨，胡考之宁。

匪且有且，匪今斯今，振古如兹。

周颂

良耜

犁头雪亮快耕田，开始耕好向阳田。
百谷种子播下去，种子吸水容易生。
有人走来看望侬，背了方筐提圆篮。
其中盛垃小米饭，头戴斗笠用草编。
锄头除草又翻泥，野草水草统除脱，
荼蓼杂草侪烂光，小米高粱长得好。
收割挥镰嚓嚓响，稻捆堆成一行行。
粮堆高高像城墙，密密猛猛梳齿样。
打开百间满室装，老婆小囡心安畅。
杀只公牛来祭奠，一双牛角弯又弯。
祭祀之礼要继承，故人传统代代传。

《诗经》原文

畟畟良耜，俶载南亩。播厥百谷，实函斯活。或来瞻女，载筐及筥，其饟伊黍。其笠伊纠，其镈斯赵，以薅荼蓼。荼蓼朽止，黍稷茂止。获之挃挃，积之栗栗。其崇如墉，其比如栉，以开百室。百室盈止，妇子宁止。杀时犉牡，有捄其角。以似以续，续古之人。

鲁颂

泮水

泮水想着就快乐，正好采伊里向水芹菜。
鲁侯莅临有威仪，看伊龙旗多气派。
旗帜飘扬猎猎舞，鸾铃和鸣一声声。
随从勿分官大小，跟了鲁公朝前跑。

泮水想着就高兴，正好采伊里水藻。
鲁侯莅临有威仪，伊骑个马真健娇。
伊骑个马真健娇，伊个声音真洪亮。
面容和蔼还带笑，勿是发威是教导。

泮水想着就开心，轻轻伸手采莼菜。
鲁侯到了有威仪，就垃泮宫吃酒水。
酒完香甜个好酒，祝侬长生勿会老。
顺了相传遵正道，收服犷点丑强盗。

肃穆和美个鲁侯，小心勉修伊品德。
注意威仪谨慎行，为民作则做得好。
文治武功两齐备，榜样在天先祖有。
效法伊拉事事顺，自家求得上天佑。

《诗经》原文

思乐泮水，薄采其芹。鲁侯戾止，言观其旂。其旂茷茷，鸾声哕哕。无小无大，从公于迈。

思乐泮水，薄采其藻。鲁侯戾止，其马蹻蹻。其马蹻蹻，其音昭昭。载色载笑，匪怒伊教。

思乐泮水，薄采其茆。鲁侯戾止，在泮饮酒。既饮旨酒，永锡难老。顺彼长道，屈此群丑。

穆穆鲁侯，敬明其德。敬慎威仪，维民之则。允文允武，昭假烈祖。靡有不孝，自求伊祜。

鲁侯治国勉进取，善于修养伊文德。
已拿泮宫兴建好，征服淮夷也如愿。
矫健勇猛将帅臣，斩获敌囚泮宫前。
善于讯问像皋陶，捉送敌囚到泮宫。

济济有礼众兵将，广大伊拉个德心。
大军出征雄赳赳，东南敌人要扫光。
气势雄壮前进快，勿嘈杂也勿喧嚷。
勿为邀功相争吵，献上出征个功劳。

兽角镶嵌饰弓鞘，束束利剑捆扎牢。
兵车造得老老大，步兵车兵勿疲劳。
已经战胜了淮夷，甘心顺服勿再叛。
坚持了侬个战略咾，淮夷也就终于收服。

翩翩而飞个猫头鹰，落垃泮水旁边个树林浪。
吃了阿拉个桑葚，回报拨阿拉好听个声音。
觉悟过来个淮夷，来献出伊拉个山海奇珍。
里向有大乌龟咾象牙，贡献出南方特产黄金。

明明鲁侯，克明其德。既作泮宫，淮夷攸服。矫矫虎臣，在泮献馘。淑问如皋陶，在泮献囚。

济济多士，克广德心。桓桓于征，狄彼东南。烝烝皇皇，不吴不扬。不告于讻，在泮献功。

角弓其觩，束矢其搜。戎车孔博，徒御无斁。既克淮夷，孔淑不逆。式固尔犹，淮夷卒获。

翩彼飞鸮，集于泮林。食我桑黮，怀我好音。憬彼淮夷，来献其琛。元龟象齿，大赂南金。

商颂

玄鸟

老天命令燕子降，降临生了商玄王。
住垃殷地一片广茫茫，天帝命令叫武王成汤。
征服了搿辰光个天下四方。

普告搿点氏族部落长，统同了九州侪归商。
殷商王朝接受天命呒没灾殃，
传拨武丁搿孙子，武丁孙子几化贤良，
成汤个事业无往勿胜自能担当。

大车十部龙旗飘扬，装满酒食来供祭享。
国都一带有上千里，是商朝百姓安居个好地方。
征服开拓疆域到天下四海，四海诸侯侪来朝商。
来此迎神助祭个人瞎多，景山四周围就是大河。
殷受天命交关适当，百种福禄就靠由伊来承当。

《诗经》原文

天命玄鸟，降而生商，宅殷土芒芒。古帝命武汤，正域彼四方。

方命厥后，奄有九有。商之先后，受命不殆，在武丁孙子。

武丁孙子，武王靡不胜。

龙旂十乘，大糦是承。邦畿千里，维民所止。

肇域彼四海，四海来假，来假祁祁。景员维河，殷受命咸宜，

百禄是何。